KB185303

소·생·대·화

小·生·大·話

소생대화 小生大話

2024년 11월 15일 제 1판 인쇄 발행

지 은 이 ｜ 한승민
펴 낸 이 ｜ 박종래
펴 낸 곳 ｜ 도서출판 명성서림

등록번호 ｜ 301-2014-013
주　　　소 ｜ 04625 서울특별시 중구 필동로 6(2층·3층)
대표전화 ｜ 02)2277-2800
팩　　　스 ｜ 02)2277-8945
이 메 일 ｜ msprint8944@naver.com

값 10,000원
ISBN 979-11-94200-42-0

소·생·대·화
小·生·大·話

한승민

도서출판 명성서림

서문

눈이 더 흐려지기 전에

조바심이 사라졌다.

지금쯤 무엇을 하고 來日은 무엇을 해야 하나 焦燥하고 奔走하던 마음이 고요해져 간다. 가만히 생각하면 가야 할 길보다 걸어온 길이 엄청 더 길어서 화들짝 놀란다. 그렇게 追憶을 보듬으며 흐려지는 視野를 애써 밝혀보았다. 10代 때부터 文學 少年으로 살면서 自身에게 늘 빚지고 사는 느낌이었다. 登壇의 꿈을 이루고 詩集을 내고 내 가슴 속 感情들을 여러 사람과 公有하고 싶었다. 지금은 그런 幼年 時節의 稚氣를 쓴웃음으로 代身할 수 있다. 그러나 自身에 대한 마음의 빚은 지워지지 않아 그 苦悶을 解決하기로 했다. 人生의 黃金期를 손 글씨로 살아왔는데 이제는 그걸 實踐하기 어려워 眼鏡에 依支하지 않고 컴퓨터로 自筆을 代身한다.

티끌 같은 旅程이었지만 바다보다 더 넓은 마음으로 살았다. 내가 記憶하는 모든 瞬間은 나만의 專有物이지만, 별처럼 살아나는 내 分身들에게 生命을 주려 한다. 이런 勇氣가 老醜로 비쳐지지 않기를 所望한다.

2024년 좋은 날에

5

1부 · 게재 시 편

2부 · 묵혀 둔 이야기

3부 · 요즘의 상념들

게재시편 1

고독

들고양이
포도鋪道 옆에 넋을 잃고 앉았다

집도 없어 자유로운
따스한 겨울 낮
졸음은 솜사탕처럼 부드럽다

따듯한 아랫목도 없고
애써 찾는 주인도 기억에 없어

자유로워
너무 자유로워 슬퍼지는
고막을 찢을 듯한 포도 옆에서
차라리 넋을 잃고 있다.

([문학공간 2004년 6월호])

허상

또 하나의 허상
실상實像같은 허상이다

세상은 허상을 따라가고
내일 다시
또 다른 허상이 돋아난다

어제 같은 실상은 허상이다
실상 같은 허상에
허상 같은 실상 속에
오늘 허상을 응시한다

내일은 또 어떤 허상을 좇아갈까
오늘도 허상이고
어제도 허상이고
또다시 올 시간도 허상임을 본다
허상 속으로 사라진 외숙모 형상.

([문학공간 2004년 6월호])

할머니 일주기

떠나는 등 뒤에 당신은
장승처럼 흐린 시선으로 서 계신다

만남의 짧은 행복 앞에
긴 이별의 시간 가슴 저려하던 이

고갯마루에 서서
버스 떠나고도 한참
빈 가슴 메우시던 형상

따스한 연녹색 햇살이
미루나무 잎 검게 태우는데
따가운 포만감에 상기된 가을빛은
속에 스며든 눈부신 햇살

또 그렇게
따스한 연녹색 햇살이 오고
당신 가신 지 한 해

눈부신 이별의 순간

애써 초연해지시던 당신이
구만리 길 떠난 세월의 물밭

한길도 채 못 되는 저승에
구만리보다 먼 시선 속의 초상肖像.

([문학공간 2004년 6월호])

백일탈상

그 옛날 성황당 고개
건너편 닥나무 밭가 자리에
당신은 햇살처럼 누우셨다

어릴 적 팽이채 꺾던 가파른 언덕
옻나무밭에 숨죽인 세월처럼
당신은 그렇게 내리셨다

할아버지 고향이
아버지 고향
그 아버지 고향은 내 고향

가족을 떠올리던 초가집은 잡초처럼 잊히고
동네 어귀 느티나무 자리엔
플라타너스 낯설게 무성하다

열아홉에 오셨던 동네
예순두 해라는 세월
모두 담아 꽃상여에 싣고….

백·일·탈·상

당신은 이제 영원히 떠나시니
우리는 그 숨소리 사라진
이승의 인연의 끈을 놓는다

그러나 그 어디 계시건
떠나시던 날 그 따사롭던 고향의 햇살처럼
늘 우리를 지켜주시리라

새봄의 언덕
진한 향기 풍기는 당신의 유택幽宅에서
왠지 자꾸만 흐려지는 시야.

([한강의 신화] 한국공간시인협회 대표시선 제15집 /05년)

유택幽宅에서

겨울 산자락에 서서 당신을 보내고
봄 잔디 푸른 유택에서
당신의 증손녀와 인사를 올린다

자그마한 가슴에도 당신의 잔영은 남아
제비처럼 조아리는 말
증·조·할·머·니

봄바람처럼 흐르던 당신의 사랑
아직은 유년의 가슴에도 남아 있다

할·머·이…

파아란 잔디에 섞여 핀 제비꽃인 양
피안의 세계에서 웃고 계신 당신.

(문학공간 2004년 6월호)

전자편지

손끝에서 떠나도
민들레 홀씨 닮아
멀리 저 멀리 날아가는
손가락의 영혼들

몇 날 며칠을
숨죽이는 스릴은 없어도
숨차게 날아온
온기가 기쁨으로 찍히는 순간

허공에 대고 소리치면
온기를 품은 메아리 되어
글자로 되돌아오는
깨알 같은 영혼들.

([한강의 신화] 한국공간시인협회 대표시선 제15집 /05년)

환갑날에

입지도 못하는 색 고운 한복
그 한복에 맞춘 잿빛 두루마기
흰색 고무신이 불길로 오른다

손톱만큼 남았던 이승의 체취들도
그 뒤를 따라 하얗게 검게
망각의 여행길로 오른다

살아서 당신을 기억하는 가슴들
한없이 흐려지는 시선 속에
저 먼 추억 아련하다

오늘이 바로 당신이 못 오시는
이승에서의 환갑날
그날을 산 공간에서 추억하는 허전함

이제 당신을 보낼 수 있을 것 같다
정말 당신을 보낼 수 있다
오늘에서야 아주 보낼 수 있다.

([한강의 은유] 한국공간시인협회 대표시선 제16집/06년)

바다리

몸에 꽂힌 찬바람에
날 기운조차 잃은 몸은
시멘트 천장에서 자유롭지 못하다

허공의 힘찬 날갯짓은 먼 전설 속 얘기
쇠잔한 몸뚱이 날갯짓도 힘들어
시멘트 바닥을 긴다

죽음처럼 다가오는 칼바람
숨을 곳 그 어디에도 없다
숨 막히는 시멘트 공간은 칠성판

낙엽처럼 휘돌아, 휘돌아 떨어지면
눈앞에 펼쳐지는 땅 색의 환영幻影
하늘을 향해, 하늘을 향해 몸부림쳐도

아!
더운 하늘은
더 멀어 보인다.

([한강의 은유] 한국공간시인협회 대표시선 제16집/06년)

명절 끝에

먹다 남은 떡 쪼가리
깎아 놓은 과일 조각
머리만 남은 생선 부스러기

쏟아 놓은 웃음에 겨워
며칠을 두고 먹을 찬밥이라도
명절의 여운은 가슴 따듯하다

다 보낸 허전함을
떨구어 놓은 얘기들로 주워 모으고
다 치우지 못한 남은 음식으로
가족을 확인하는 명절 끝의 저녁

혼자라도 외롭지 않아….

([한강의 울림] 한국공간시인협회 대표시선 제17집/07년)

모조 꽃

누군가의 손길로
나는 꽃으로 태어났다

향기 없어 더 향기로운
시들지 못해 더 선명한 세월

그 무상한 세월이 한 겹 두 겹
내리고 쌓여 슬픔처럼 검어진다

나는 꽃이라 불리고 싶다
아니 꽃이어야 한다

향기 없어 더욱 향기로운
꽃으로 남고 싶다.

([한강의 지평] 한국공간시인협회 대표시선 제18집/08년)

전설과 현실 속에서

할머니적 세월
어머니적 세월
따듯한 아랫목이 있었다지
나는 아랫목의 따듯함을 전설로만 알고 있다

어느 아파트 지하 창고에서 어머니는 두려운 어둠을 응시
했다
어둠이 내린 아파트 앞 음식물 쓰레기봉투에 눈이 멈춘다
살금살금 발소리를 죽여 다가가 사무치게 사람 냄새를 맡
는다
어머니 눈에 눈물이 빛난다

나는 그저 사람이 지나면 두려움이 일 뿐이다
싹둑 잘린 달빛 아래 나뒹구는 비닐 봉투 속에서
어머니는 먼 전설을 느끼나 보다
멀리서 인기척이 난다

아파트 지하 창고가 내 고향이다

어머니는 마침내 그리운 먼 할머니적 이야기를 따라갔다
자신의 발로는 도저히 못 좇아가서
어느 새벽 속도의 둥근 쳇바퀴에 박제가 되었다

나는 혼자 남았다
이제 이 어둠을 혼자 지켜야 한다
나는 어머니처럼 무섭게 질주하는 기계에 뛰어들 용기는
없다
질린 어머니가 새파랗게 새벽을 지키고 선 하늘이 더없이
싸늘하다.

([한강의 울림] 한국공간시인협회 대표시선 제17집/07년)

바람은 머물지 못한다

하늘 저편에서 와 세상을 휘돌아
다시 먼 하늘 끝으로 사라져야 한다

머물 수 없어 차라리 따스한 입김으로
봄볕 한줄기 꽃비 되어 내린다

그가 머물 수 있는 공간은
오로지 처연凄然한 하늘뿐이다

그래서 사라지는 입김의 추억에 저려
더 높고 먼 하늘 끝을 본다

하늘 끝을 돌아 바람이 다시
녹색으로 내릴 때를 기다린다

눈 시리게 하늘을 응시하는 것은
파란 입김이 선명하기 때문이다

봄볕으로 내리는 녹색의 간지럼이
다시 돋아날 것이라 여기기 때문이다.

([한강의 지평] 한국공간시인협회 대표시선 제18집/08년)

28

산속에서

산속에서
움직이는 생명을 만나는 건 섬뜩한 일이다
그 움직이는 생명도 또 다른 생명인 날 보고
마음에 날 세우고 뒷걸음질 친다

두 개의 움직임이 한순간에
부동의 생명에 의지해 멈춰 선다
잠시 가늘게 안도하는 쌍방의 숨소리

애당초 하늘로 오를 만큼 크지도 못한
움직이는 생명체 둘이 자신들의 등 뒤에서
날 세워 기댄 모습에 나무들이 조소嘲笑한다.

([한강의 포에지] 한국공간시인협회 대표시선 제19집/09년)

귀가 어두워질 즈음

세상 밖 소리가 멀어지니
내 안의 소리에 귀 기울여진다

평생을 몰랐던 심장의 노래
맥박의 흐름소리를 숨죽여 듣는다
여태 몰랐던 내 안의 생명 소리

세상 밖 소리 멀어지니
내 안의 소리들이 날 위해 합창하네

그 소리들의 향연
바로 내가 살아있음을 알리는 기쁨의 소리
귀가 어두워질 즈음 깨닫는 소리
바로 내 안의 생명 소리.

([한강의 포에지] 한국공간시인협회 대표시선 제19집/09년)

내 안의 꽃

유쾌한 찰나
내 안의 꽃

단 한 번 존재하는
느낌 첫 느낌

순간을 말린
드라이플라워다

추억을 부르는
내 안의 꽃

응시하는 시선 속
배시시 다시 살아

향기로 다가오는
유쾌한 꽃 내 안의 꽃

([한강의 시향] 한국공간시인협회 대표시선 제20집/10년)

사라진 해송 海松

목 젖혀 올려다보던 반짝이는 검푸른 잎
산등성이 송림 속의 바늘 닮은 잎들이
어지럽게 물구나무서기를 한다

키 재 보기 하며 앞다퉈 숲을 지키던 그 위용
의지와 무관하게 포클레인에 빨갛게 상기되어
드러난 건 예리한 잎들이 아니라 슬픈 뿌리다

굉음으로 박히는 산등성이 문명의 쇠 이빨들
온몸을 감아 죄는 숨 막히는 압박 붕대
어지럽고 답답한 시간이 지나갔다

회색 하늘 어느 각진 모퉁이 어색한 모습 하나
하염없이 흐르는 하얗게 질린 식은땀
쇠줄과 버팀목으로 지탱된 앙상한 몰골이다

돌아갈 수 없는 타의에 의해
해송이 아닌 비루먹은 개처럼 듬성한 털을 가진
도심 속 인공호흡기를 낀 외로운 허수아비가 된다.

([한강의 시향] 한국공간시인협회 대표시선 제20집/10년)

사료 飼料

사료를 먹는 건 본능
사료를 주는 건 의도

주는 손은 복종의 유혹
먹는 입은 허기진 구속

사료 먹고 목숨 부지
사료 먹여 목적 달성

사료를 매개로
서로의 공생관계가 성립된다

허기를 구속과 맞바꿔
자유가 눈물짓는 엄연한 현실

사료로 유혹하는 손길
애당초 그 유혹을 벗어날 길 없다.

([한강의 시안] 한국공간시인협회 대표시선 제21집/11년)

상실

내 눈앞에서 어느 날 사라진 것
현기증처럼 어지럽고 숨 막힌다

솜사탕 같은 시선 속의 추억은
눈물처럼 얼어 창백한 상실이다

자의든
타의든

하나의 시선에서 멀어지는 건
눈 감아 버리고 싶은 안타까움이다

한 시선을 떠나 다른 시선 속으로 사라져도
미처 떠나지 못한 온기 어린 잔영殘影은
지워지지 않는다
지울 수 없다.

([한강의 시안] 한국공간시인협회 대표시선 제21집/11년)

애바라기

애바라기가 되니
내 애바라기가 보이네

그 초조하고 아련한 마음을
가슴으로 껴안는 무한 사랑
모르고 살았네

싫어
정말 싫어서
시야를 탈출하려던 기억

애를 따라 도는 불면의 시간
시야 속에서 벗어날까
점점 더 길어지는 목

운명으로 지워진
나의 또 다른 이름
애·바·라·기

([한강의 시혼] 한국공간시인협회 대표시선 제22집/12년)

회상

지하철 청량리 돌계단을 오르며
문득 아래를 보니 하늘색 한복 차림
할머니의 잔상이 아련하네

턱까지 숨차도 손자가 눈치 챌까
옅은 웃음으로 치어다보시네

서울살이 아들 손자 대견해
기차 타고 전철 타고 계단 오르시고

지하에서 올라오니 꼬리 문 차들
대체 이런 곳에 바르게 잘도 섰다

고향 집 대추나무보다 더 단단한 모습
이제 서울은 아들 손자가 사는 곳이네

이렇게 고향은 또 생겨난다
손자 손녀는 서울이 고향이 되네….

([한강과 더불다] 한국공간시인협회 대표시선 제24집/13년)

구형 중형차

아파트 주차장에 낯선 구형 중형차
외지 손님인 줄 알았는데 오늘도 그대로다

단지의 불빛들이 희끄무레 비치는 저녁
주차장 한편에서 맨손 체조하는 사람

이른 아침 주차장에 또 그 모습이 보인다
아 그는 얼마 전까지 새벽 출근하던 사람

이제 그에게 새벽과 저녁은 체조 시간이다
출근과 퇴근이 남의 이야기가 되어 간다

일주일 내내 제자리에 망부석이 되어버린
낯선 구형 중형차 점점 눈에 익숙해져 간다.

([한강과 더불다] 한국공간시인협회 대표시선 제24집/13년)

기일 잔상

구십이 넘은 당숙

팔십 대 중반의 장손

추억에 겨워
아픈 허리를 펴며
제사상 차리는 저녁

멀리서 할아버지 오셨을까

너무 환한 전등불 아래
존재조차 가물가물한 촛불처럼
축문을 읽으시는 당숙의 목소리

그건 차라리 전설이다.

([한강의 시심] 한국공간시인협회 대표시선 제25집/15년)

무인도

애초에 아무것도 없었던 건 아니다
둥지도 있었고 이웃도 있었다

해가 아주 여러 번 바뀌어 둥지가 낡고
모든 것이 변하기 시작했다

무슨 까닭인지 살아 있는 모든 것이
소리 없이 하나둘 사라지기 시작했다

무언가 있을 것 같은 섬
그러나 비를 맞는 건 혼자일 뿐이다

돌아올 이 아무도 없는 빈 공간
시원한 비 한줄기 더 세게 내리길 기다린다

거기 흠뻑 젖은 아버지가 서 있다.

([한강의 음유] 한국공간시인협회 대표시선 제26집/16년)

시그널

하얗게 머리칼로 나타나는 것

눈은 뿌예지고 소리는 아득해지고

피부에 무수히 흐르는 실개천
끝없이 흘러내려 홍수가 져도
바라볼 수밖에 없는 것

그만 먹으라 사라지는 이빨

동물적 본능도 희미해지고
자벌레를 닮아가는 몸

어느새
먼 옛날의 할아버지 모습이 비치네.

([한강의 영언] 한국공간시인협회 대표시선 제27집/17년)

당숙 堂叔

산소 앞에 선 당숙은 영락없는 할아버지다
해마다 명절 때면 우리가 되어 모이는 자리
아들, 손자, 사촌, 육촌….
언제나 맨 앞에 서시던 할아버지 대신
또 다른 할아버지 당숙이 앞장서신다

아득한 옛날얘기
아련한 추억 속에 증조曾祖는 살아오신다
먼 훗날 다시 올 손자의 손자
그 손자의 손자 세배를 받을지
당숙은 할아버지처럼 큰 걱정이시다

산소지기 리기다소나무 키 크듯 멀어진 세월
어느새 세배꾼은 많이도 바뀌었다
당숙이 안 계시면 또 다른 할아버지
그리고 또 다른 할아버지가
또 할아버지처럼 그런 걱정을 되뇌일 것이다

산소 앞에선 할아버지 아니 당숙처럼.

([문학공간 06년 1월])

흔적 지우기

떠나시는 날
당신 따라 유품도 보낸다
뜨겁던 그 가슴을 되새김하듯
활활 타는 불꽃으로 날린다

하루도 거르지 않고 세월을 닦던
돋보기로 유심히 살피소서

무엇을 남겼을까

요동치며 붉어지는 이승의 인연들은
검은 꽃잎으로 한 점 또 한 점
저편 하늘로 까마득히 사라진다

황혼의 세월을 같이 보듬던
돋보기로 더 유심히 살피소서

무엇을 못 보셨을까

떠나시는 날
당신처럼 유품도 더 멀어진다
이제 새털처럼 가벼워진 잿빛의 인연
사뿐하게 잊으시라 산 발걸음을 돌린다.

([문학공간 04년 11월])

병실 풍경

다리 자르고 어떻게 살아 못 살아
절규 핏빛 절규가 퍼지고
수렁 같은 졸음
잠에서 깨어나니 쑤시고 저린 언밸런스 다리

그래도
두 팔이 있어 휠체어 밀 힘은 있지
건너편 환자는 무슨 병이길래
휠체어 밀 팔마저도 자유롭지 못한가

병상에 누워 뒹굴며
그래도 세상 소리 들을 수 있는 멀쩡한 귀
푸른 하늘 볼 수 있는 성한 눈이 있어 환한 세상
아
이 살만한 세상.

([문학공간 06년 8월])

이장 移葬

선대 어른
한 세기를 넘어
그 존재를 드러내셨다

후손을 위한 자리 비키기
혼자 몸으로 어쩔 수 없어
손주 같은 장의사가 대신하는 세월

남은 세월의 잔해는
한 줌 연기로 사라진다
미처 오르지 못한 이승의 흔적

유골함에
다시
조상이라는 존재로 담기신다.

([문학공간 07년 1월])

허수아비

계절조차 잃은 버덩
마냥 기다리다 탈색된다
새들조차 조소하는 너덜거리는 육신

누구랄 것도 없이 누구처럼
왔다가 가는 세월의 물발에
너덜거리는 고향의 허수아비가 된다

할아버지 발자국 패인 버덩 길
기억조차 아련히
망각의 잡초 키 한 길을 넘었다

허수아비 눈 맞고 선 버덩에
흔적 희미한 고향
고향 사람들 모두 훠이훠이 사라져 간다

고향은 허수아비다
기억의 저편으로 가슴 시리게 사라지는
버덩 한가운데 선 허수아비다.

([문학공간 07년 6월])

46

동거

새벽잠 깨우는 위층 개 짖는 소리
아래층에서 질세라 덩달아 짖어대는 소리
야성을 포기한 채 개 짖는 소리는 차라리 비명이다

그 중간층에 끼어
짖지도 못하는 인간의 영역은
개털처럼 공허하다

인간이 개들과 사는지
개들이 인간과 사는지

구분조차 할 수 없는 고층 공간에서
잠 깨어 뒤척이는 새벽은 차라리 짖고 싶다
개처럼 조심성 없이 마구 짖어대고 싶다.

([문학공간 07년 10월])

백로

기름기 흐르는 개울에
넋이 나간 백로 한 마리
가늘게 휘어진 허리가
흙빛처럼 가련하다

개울에 맴도는 기름 거품
그 거품처럼 뱅뱅 돌다
이내 아주 발 뻗고 누웠다
더 이상 휘어질 허리조차 없다

혼탁한 깃털 너머 앙상한 육신
침묵의 어둠이 몰려오듯
검게, 검게 덩어리진다
새파랗게 질린 삶이 허공에 떠돈다.

([문학공간 08년 3월])

48

봄 꽃잎이 날리다

안부를 묻습니다

이 좋은 디지털 세상에
바람에 날리는 꽃잎에
마음을 실어 보냅니다

어디로 날릴지 모르는 세월의 상념
아무리 대단한 전자電子 세상에서도
제어가 불가능합니다

꽃비 나리는 큰길을 미친 듯 달려
세월을 쫓아가도 먼 바람으로 사라지는
꽃잎들의 작렬하는 아름다움

침침해진 눈으로도 빛나는 향연
이 꽃 세상 한가운데서
돌아보니
꽃잎 하나 처연凄然히 스러집니다.

([문학공간 08년 12월])

카세트

추억의 소리가 둥글게 돌아간다
문득 할아버지의 유성기가 떠올랐다
아마 다락방 어느 한구석에서
세월에 쌓여 형체조차 없으리라

유성기의 추억이 가물가물해질 때
LP를 돌리는 전축이 또 다락방 구석을 차지했다
전축은 잠깐 쉬었다 안방으로 다시 내려올 줄 알았다
그러나 이내 그도 기억의 저편으로 사라졌다

어쩌면 카세트도 머잖아 다락방 신세가 될지 모른다
아니 다락방 차지도 못하고 분리수거 될지도 모른다
유성기나 전축은 이제 유물 취급을 받고 있다
그러나 카세트는 여전히 살아 돌아도 헛수고인 듯하다

CD도 발버둥 치며 새하얀 얼굴로 아우성을 지르지만
손가락 크기도 안 되는 속이 꽉 찬 작은 거인이
모든 이들의 시선 속에 목청껏 노래하고 있다
그 작은 거인이 바로 MP3다

카세트가 쩌렁쩌렁한 목청 돋우며 세월을 토해 낸다
나는 살아 있다 아니 살고 싶다
피울음으로 흐느끼며 돌아가는 카세트
이내 MP3의 그늘에 가려 가쁜 숨을 몰아쉬고 있다.

([문학공간 09년 6월])

51

자동 시계

팔뚝에 매달려 호흡한다
오늘은 주인이 잠자는 날
나도 잠을 자야 한다

늦잠에서 깬 주인이 힘껏 돌려대는 시침
하루가 1분 만에 지나간다
나의 시간 개념은 주인의 의지를 닮았다

규칙적이지 못해 어지럽게 흔들리는 몸통
그래서 더 길게 세월이 가는지 모른다

나는 오늘도 내 의지와는 상관없이
주인의 맥박에 맞추어
하루를 돌고 또 돌아야 한다.

([문학공간 09년 12월])

세월에 밀려

나는 할아버지가 되기 싫다
아버지가 되는 게 두렵다

자신의 의지완 무관한 세월
어느새 할아버지가 다가오고
아버지가 될 수밖에 없다

내 앞에 반백의 할아버지가 앞장서고
듬성한 머리칼 쓰다듬으며 아버지가 오네

절반쯤 휘어진 할아버지 어깨
또 그 모습을 닮아가는 아버지의 어깨

그 어깨를 향한 무한히 쏟아지는 가족의 눈길
이제 그걸 모두 보듬어야 하는 세월이다

아 이 두렵고 떨리는 이름
할·아·버·지
아·버·지

([문학공간 10년 6월])

정지 화상

동화상動畫像 같던 나날
그러나
어느새 빛바래고 어두운
화상으로 멈춰 선다

추억 안에 갇혀 버린
그 시절 꽃은 생기마저 잃어
더 피지도 지지도 못하고 있다

웃음이 만발한 사랑스러운 얼굴들
그 웃음소리 채 끝나기도 전에
멈춰 선 장면 속에 그림자처럼 퇴색한다

추억은 아름다워, 아름다워……

그러나 움직이지 못해 슬퍼지네
오늘 같은 동화상으로 움직이려 해도
검고 깊게 마비되어 가는 정지 화상.

([문학공간 11년 1월])

기름방울

물 위에 떠 물을 닮으려 몸부림쳐도
그 흔적은 여전히 동그랗게 여울진다
여울진 동그라미 아무리 애를 써도
또 작은 방울이 되어 더 퍼져 간다

이 넓은 물속에 왜 동그랗게 남는지
그 작은 동그라미는 왜 깨어지지 않는지
번뇌하는 순간에도 쉬지 않고
무수히 동그랗게 번지는 수많은 점들

어차피 동화되지 못하는 물 위에서
고독의 동그라미 기름방울 한 점
물을 보듬고 닮으려 닮으려 하지만
동그란 방울 더 선명해져 슬프다.

([문학공간 11년 6월])

말린 꽃

나 혼자 욕심이 컸다
예쁘고 작은 영혼 누가 탐할까
아예 독점을 했다

그게 모든 걸 얻는 거라 생각했다
그런데 모양만 남은 건조한 모습
가슴이 말라 간다

그 작은 생동감은 정지되어
웃음도 못 멈추는 마른 얼굴
습기를 머금을 수 없는 작은 꽃

눈감아 생동감을 떠올리려 애써도
찾을 수 없는 작은 영혼의 안색
마른 먼지에 한바탕 재채기만 난다.

([문학공간 11년 11월])

자판기 앞에서

사람들이 모닝커피 하는 사이
벌들은 진작부터 모닝커피를 한다
바닥에 나뒹구는 종이컵 속에
마치 사랑하는 꽃이나 되는 양
하나씩 차지하고 커피 향을 즐긴다

인공 향의 유혹은 뿌리칠 수 없어
날개 접고 개미처럼 바닥에서 맴맴
꽃향기는 비교도 안 되는 아찔한 향기
벌들은 그 마력에 빠져 어느새
개미 행세를 하고 있다

모닝커피에 취해 하늘을 날 듯 나뒹구는
아스팔트 위에 아침 해가 내리쬐네
안녕 나 오늘 모닝커피 한 잔 했어
날갯짓은 필요 없는 자판기 앞에서 문득
사람처럼 두 발로 일어서고픈 욕망이 이네.

([문학공간 12년 4월])

옛 친구

너는 거울이다
추억을 들춰내면
어김없이 나타나는
나의 퍼즐 조각

세월의 길이는
이 순간 무의미하다
동심 속의 시선에서
여전히 너는 아이다

어른으로 흐르는 시간
거슬러 오르다 보면
마침내 완성되는
회상의 퍼즐

마주치면 하나가 되는
너는 아련한 분신
거울 속에 비친
내 어린 시절이다

([시 세계 14년 가을호])

안부

그의 안부가 궁금했다

한동안 부인만 왔다 갔다
쓰레기봉투에 널부러진 남자 용품
아마도 그가 떠났는가 보다

입주민 공동 청소 때 이따금 만나면
내 나이 칠십 아직도 살 만하다며
맘씨 좋은 웃음으로 건강하던 모습

눈이 시리도록 푸른 계절
아카시아 향기 만발한 아파트 숲
꽃이 다 피기도 전에 그는 사라졌다

이제 그의 안부를 묻지 않기로 했다.

([문학공간 15년 10월])

하얀 털 개

하얀 털 개를 들였다

남매가 떠난 허한 공간
은퇴 부부 금실은 좋아도
새털처럼 희어진 머리처럼
더 하얘진 그리움

참다 참다
빈 공간을
하얀 털 개의
온기로 채워 넣는다

검은 눈의 하얀 털 개

전해오는 온기에 그저
아무것도 모르고
까만 눈 깜빡이며
꼬리만 쉼 없이 흔들고 있다

([문학세계 16년 4월호])

세월

아득하다 느꼈더니
빠르게도 오네

아직도 실감 나지 않지
버리지도 못하는 미련
지난 시간이 너무 짧아

아니 이제 실감 나네

아직도 너무 생생해서
버리지도 못한 미련
지는 해 더 아름다운데….

([문학공간 16년 6월호])

고향 집

고향 집에 불이 났습니다
모든 것이 다 타버렸습니다

집에 불이 난 것만 아니라
집안에도 불이 났습니다

그동안 잠재하던 불까지 전부 일어나
모두의 마음까지 다 타버렸습니다

화재 뒤에 남은 건 검은 재 한 줌뿐
검은 재를 털어 내고 다시 세워야 하는 것
그것이 살아야 할 집이고 집안입니다

다 탄 마음은 소생하기 어려워 보입니다
애초에 태워야 하지 말 것까지 다 태운 탓에
시커먼 가슴만 화석이 되어 갑니다

고향 집에 불이 나 다 타버렸습니다

([문학세계 16년 10월호])

고향

어둠을 밝히는 이 빠진 불빛
저녁 길이 흐릿하다

부부가 지키던 불빛
이제는
고사리 닮은 할머니
가는 눈으로 지킨다

바람조차 시린 어둠 아래
익숙한 걸음의 저녁이 스며들고
아주 긴 밤 속에 전설은 잠에 취해
어쩜 새벽이 오지 않을지도 모른다

듬성한 기억이 가물거리는 저녁 길은
이제 아무도 모르는 고향이다.

([문학세계/17년 9월호])

지게차

자동차가 속도를 줄이며
길게 늘어선 도로
조급한 시선들이 우왕좌왕

그 앞에
자기의 최고 속도로
달려가는 차 한 대

추월하며 곁눈질하는
다른 차들의 시선은
아예 신경 쓰지 않는다

그저 최선을 다해 달릴 뿐
속도가 아닌 용도로 맞추어진 차
나는 지게차.

([문학세계/18년 3월호])

새봄

지난봄은 잊으라

그 아찔하고 촉촉하던 숨결 이젠
새로운 봄바람으로 맞으라

어렴풋이 다가오는 연록의
아롱지는 감미로운 입김

지난봄의 아련함은 지워도 좋다

언제나 같을 것만 같았던 그 봄날의
잔상들은 오늘 또 다르게 번져 간다

그래 지난봄은 잊어야 한다

지난봄을 추억하는 이 봄날의 언덕엔
초록빛 추억이 차갑게 시려 온다

지난봄은 아주 잊으려 한다.

([월간문학 21년 6월호])

동해-어촌의 새벽

묵직한 어둠의 장벽 저 너머
호탕한 밤배의 불빛엔 힘이 넘치고
등대 불빛 점멸하며 환영하는 밤바다
대차고 풍성한 기대감 만발이다

논골담길 새벽은 안개처럼 아련하게
골마다 이어진 계단으로 나직한 숨소리 들리고
담담하게 어둠 속에 빛나던 눈망울
길을 재촉하던 어머니 먼 시야에 있다

([묵호등대 바람의 언덕 게재 시])

묵혀 둔 이야기 2

노모 老母

팔순의 몸으로 가족의 온기에 겨워 힘을 내시네
만리장성 틈새로 세차게 파고드는 겨울바람
젊음과 늙음의 그 교차점처럼
땀난 몸 식히면 이내 한기가 스미네

해로하는 남편 있어 든든하고
기둥 같은 아들 있어 미덥고
고사리처럼 자라는 손자들 있어 흐뭇한 비탈길
턱밑까지 차오르는 숨은 가빠도
앞서 가파른 비탈길 오르는 자식들의 뒷모습
그저 한없이 정겹고 따스해라

가슴을 진정이고 발아래를 보니
아물아물 끝없는 만리장성 펼쳐지네
만리장성 끝없듯 가족사랑 영원하게

그 바람을 기다리며

먼 하늘에서 와 다시 저편 먼 하늘로 돌아가야 한다
머물 수 없는 운명은 봄 새싹조차 보듬기 바쁘다
회오리쳐 몸을 둥글게 움츠려도 하늘로 솟구칠 뿐이다

바람이 머물 수 있는 곳은 단지 하늘 저편이다
그래서 올 수 없는 그를 기다리는 미망인처럼
끝없는 하늘 저편으로 녹색의 그리움이 돋아난다

그 하늘 끝을 돌아 다시 휘감겨 올
찰나의 간지럼은 숨 막히는 기다림이다
손바닥이 창백하게 숨 막혀 파래진다

눈 시리도록 파란 하늘 저편으로 창백한 손바닥 마디가 굵어진다
내 몸을 휘감고 떠난 그해 봄바람의 찬란한 향기 때문이다
머물지 못하는 그를 잡으려 손을 더욱더 키우는 것이다

존재 상실

10원짜리 동전 하나
바닥에 떨어져 반짝 빛난다

순간이다

누가 보았을까

밟히고
밟히고
밟혀서

이내 땅 색과 같아진다

분재

뒤틀린 내 모가지 옆으로 비명 같은 잎사귀
비틀어진 허리엔 혹이 솟는다
듬성듬성 하늘을 찌를 듯
날 세운 이파리는 차라리 창백하다

눌 위해 몸이 곱사가 되는가…
살아서 더 비틀리는 중증의 뇌성마비
올곧게 서지 못해 비틀비틀 비스듬히
현기증 나게 일어서면
천형처럼 감겨 오는 금속성의 비 자연

자연이라곤
이미 존재하지 않는 인조 공간 속에
자연이라 외치며
일어서고픈 비틀린 모습

빠른 자의 실수

재빠른 개구리
잠깐의 봄볕에 속아
먼저 세상 밖으로 나왔다

남 먼저 새 생명 싹틔울 곳 찾아
다리가 시리도록 뛰어
넓은 웅덩이를 찾았다

환희와 설렘도 잠시
검은 하늘이 하얗게 쏟아진다
겨울 끝에 남아 있던 잔인함

넓은 웅덩이 속에서 멍하니 흰 눈을 뒤집어쓴다
아 봄볕은 어디로 간 걸까
봄볕, 봄볕, 봄볕!

몸이 굳어진다 굳어져
흰 이불 속에서 의지도 없이
이내 잠들어 버린다

다시 봄볕이 돌아온 웅덩이에
입 찢어지게 하품하며 반쯤 뜬눈으로
하얗게 배 내밀고 뜬 개구리를 보며
의아해하는 게으른 개구리

지금 봄바람 코에 간지러운데....

나도 앞서며

앞서가신
앞서가는
그 발길 따라
나도 앞서게 되는 세월

그 길은 꼭 가야 할 길
한 걸음 더 가까워져
문득
뒤를 돌아보네

등 뒤에
차분히 잎 떨구고
봄을 기다리는 낙엽수처럼
주름진 얼굴 가릴 수 있는
또 다른 세월
봄을 기다리네.

하이에나가 되다

해 진 들판
핏빛 냄새조차 희미한 공간에
가느다란 다리뼈 뒹군다

앙상한 다리뼈 사이로 보이는
시뻘건 살코기 한 점
그것이 내 몫이다

먹다 버린 다리뼈 속
한 점의 고깃덩이로도
목숨을 부지하는 하이에나

그래서 나는 하이에나다
하이에나가 된다
이미 하이에나 틈에 끼어들었다

거울을 보며

거울 속에 할아버지
주름진 얼굴
뒤돌아보니 사라지네

또 거울을 보니
주름진 얼굴 할아버지
다시 나타나네

뒤돌아보면 사라지는 얼굴
거울을 보면
할아버지 다시 또 나타나네

봄, 조바심의 시작

빨리 깨어라
물이 줄고 있다
웅덩이의 물이....

헤엄치는 꼬리
빨리 잘려라
다리 나와라

오늘 물이 더 줄었다
어미처럼 뛰어나갈 시간이다
물이 없어진다

내리쬐는 봄볕에 몸 말리고
뛰어라
빨리 새 웅덩이 찾아서

추억의 언저리

청량리가 생각나는 건
순전히
내 첫발자국 찍힌 곳이라서이다

이문동이 그리워지는 건
팝콘처럼 터지던
내 소중한 꿈을 다독이던 곳이라서이다

중랑천 둑에서 탁류를 내려 보며
그리운 사람들
고향의 강을 생각하던 때도 있었다

중화동에서 딸을 얻었다
새 가족이 생긴 곳이다
서울 사람이 나타난 곳이다

동대문은 이십 대가 묻힌 곳이다
삼십 대도 남아 있다
그래서 더 그립다

서울 하면 동대문
동대문이 생각나는 건
순전히 내 발자국이 생각나기 때문이다

자리

있을 자리에
늘 있어야 할 자리에
아무리 찾아도 당신은 없다
무섭게 허전한 옆구리
공허한 추억이 옛날을 부른다

늘 있을 것 같던 자리가
언젠가는 빈다는 걸
알면서도 허전한 자리
그렇게 잊혀 가는 자리엔
슬픔이 곰팡이처럼 내린다

눈 떠 다시 오늘을 보면
어느새 맑게 갠 하늘처럼
몇 그루 파란 싹들이
눈부시게
당신 닮은 떡잎을 키우고 있다

별, 빛나다

그를 향해 달릴 때
내겐 이미 별이었다
가슴 가득 쏟아지는 별들의 축복

눈부시게
가슴 터지게
나는 운명으로 받았다

내겐 운명의 별
네겐 사랑의 별
미랜 공생의 별

우린 그렇게
별들의 찬란한 행복으로
무한 공간에 내린다

또 다른 별은 둘이서
하늘처럼 크고 넓게
가꾸어야 한다
가꾸어 가야 한다

태양열 판

할아버지 누워 계시는
양지바른 산비탈

자리를 양보하셨다

후손의 살림에 보탬이 되려나
누워 계시던 자리

검은 태양열 전지판이
하늘을 향해 누웠다

손주

손주의 기억 속에
할아버지 할머니는 무엇일까
온기를 기억할까
주름 많은 얼굴일까

내가 환갑을 지나도
또렷이 기억나는
내 안의 할아버지 할머니는
온기이고
기댈 언덕이고
무엇이든 용서받는 관계이다

우린
손주에게 무엇으로 남을까
내 할아버지 할머니께 묻고 싶은 날이다.

돌날에

주인공은 아가지만 손님은 어른이다
잠재적 기억에도 없겠지만
훗날
고정된 풍경 속에 부모님께 들으리라
네가 얼마나 축복이었는지

무럭무럭 쑥쑥 자라는 게 너의 사명
오늘 네가 무엇을 하든
예쁠 수밖에 없는 날

누구나 평생 한 번만 있는 날

바로 돌날이다

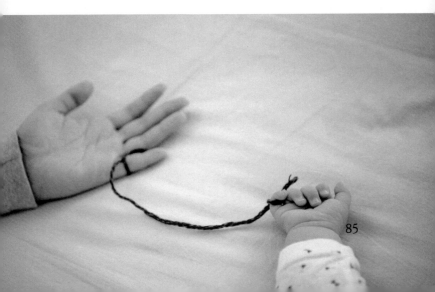

시골 다방

모양은 어렴풋이 그 옛날인데
주름진 레지 할머니
커피 타는 손을 떠네

그 옛날
미스 아무개의 가녀린 손은
명태처럼 쭈글거리고 비틀어졌네

구름처럼 멀어진 세월
다방 한구석의 배불뚝이 테레비는
아예 어디로 가고
종잇장처럼 얇은 디지털 TV
벽에 파리처럼 붙어 있네

그 벽 쪽의 안 어울리는 젊은 커플
그들은 한참 후에
오늘 이 다방을 어떻게 추억할까

오래된 내 차

아침에 문득
차 세운 자리를 보네
차를 팔았지....

십 년을 수족처럼 함께하던
기계가 떠난 사실을 애써 지운다

누구나 아끼는 것이 있지만
영원한 것은 없다

나의 애마
쏘나타는 외국으로 팔려 갔다

철봉

객기로 높은 철봉에 매달렸다

모두 다 말리는 걸
호기롭게 철봉을 잡았다

턱걸이를 할 수 없네
손을 놓을 수도
팔을 올릴 수도 없어
몸이 버둥버둥
하늘이 노래지네

개구리처럼 버둥대며 신음하네

어떻게 해야 하나
내려오라 재촉하는 사람
하나도 없네....

무상 1

추억이 없어지는 건
잠깐이다

한 사람이 떠난 자리
이제
유품 정리회사 사람이
무심하게 치워 버린다

가족은 떠난 사람이
그렇게 애절할 것도 없다

그저 또 치워지고
빈 공간에 누군가
가족으로 올 뿐이다

생전 처음

역병疫病으로 두려워해 보긴
생전 처음이다

우한폐렴이랬다
코로나19랬다
허둥대는 사람들의 모습은
봄날 웅덩이 속 올챙이처럼 분주하다

한 치 앞도 못 보는 인간은
바닥을 기는 개미보다 슬프다

섬강 蟾江

동네 강
그 강물에 떠내려가던 세 살짜리
커서 고향의 강을 추억하네

이제는
상수원 보호구역이라
흐르는 강을 바라볼 뿐

시퍼런 물 뱅뱅 돌던 무서운 도롱수
강가에 뾰족하던 삑족 바위
장마 끝에 긴 모래밭이 생기던 버덩

물줄기조차 돌려져 버려
이제는 아무도 찾지 않는 강
추억은 모두 어디로 떠내려갔나

아무도 모르는 동네 강
대화지 강
그 동네 강 섬강蟾江

돌아오지 않을 이를 위해

돌아갈 수 없는 길에 서서
돌아가지 못할 마음은
돌아올 수 없는 이를 기다린다

해 뜨고
달뜨는
당연한 사실에

돌아갈 수 없는 길에 서서
돌아오지 못할 마음을 기다리는
현실은 슬프다

마스크

손바닥만 한 종이 천으로
내 숨을 가둬가며
여적지 모르던 내 냄새를 맡는다

외출할 때마다
입을 가려도 떠나지 않는 불안

역병 앞에 그 작은 입마개가
액막이 부적이 되리라는 믿음

한 번도 경험하지 못한 세상을
일 년 내내 살면서 드는 생각

경험하지 못한 다가올 미래는.......

늙은 수사자처럼

위용이 있었다

갈깃머리 휘날리며
세차게 내달리던 때도 있었다

아무도 모르는 그 옛날의 위용

듬성하게 변해 버린 갈깃머리
자꾸만 따라오는 늙음의 그림자

시큰거리는 무릎으로
시선도 흐릿한 먼 황혼을 보니

어렴풋이 할아버지가 손짓을 하네

병실에서

걱정도 멀어지는가
아니길 바라는가

병상의 환자나
보호자 침대의 보호자나

평온한 일상을 꿈꾸며
아늑한 밤을 갈망한다

링거는 방울방울
기도처럼 떨어진다

새벽이 오면 거짓처럼
병상을 털고 일어나
내 발로 걸어나가기를

아니 내 발로 걸어나가야지

천곡泉谷을 두고

이립而立에 온 곳을 종심從心이 가까워 떠나려 하네

그 크던 꿈들을 지흥골에 묻으며 앞만 보고 달리던 시절

불혹不惑에 세상을 모두 가진 것처럼
거침없이 동해바다를 건너던 치열함도 있었지

지천명知天命의 끝자락에 강제 정차되며
누구도 한 치 앞은 모른다는 걸 체감도 했지

망망대해를 바라보며 이만큼의 행복에도
애써 감사하던 망상해변의 쓸쓸한 발걸음

가슴 설레며 드나들던 효가리孝家里도
멀게 자꾸 멀게만 느껴지는 이순耳順의 끝자락

고향도 아니면서 젤 오래 지내던 동해東海

희로애락의 파노라마 순간에 스치네

할아버지

병석의 할아버지 어눌하던 말씀
가는 건 하나도 안 슬픈데
손자 결혼 못 보는 게
너무 원통하시다던 그 말씀

그땐 어리둥절하기만 했지
지금 손주를 안고 보니 왈칵
그리움이 밀려오네....

나는 이 손주의 어른이 된
모습조차 볼 수 없지만
지금 살아 이 작은 생명을
보듬는 행복은 오늘이라 가능하네

그저 오늘이 감사하고 행복하네

가을꽃들

가을 들녘의 우아한 꽃들을 만났다
봄꽃이 싱그런 만큼 가을꽃은 찬란하다

봄에는 느낄 수 없는 향기를 가을에 만났다
그 꽃들과의 교감은 오래갈 줄 알았다....

순리는 거스르지 못하고 이별이 온다
또 다른 가을에 또 다른 꽃들을 볼지 모른다
하지만 첫 가을의 그 아련함은 아니리라

이제 또 다른 가을에 추억을 말하련다
그 가을의 향기는 아름다웠다고
그리고 그 세월 속에 박제되었다고....

의미 1

여전히 놓지 못한 조바심
식을 수 없는 애정이리라

필요한 것을 혼자 잘 찾으며
근본이 강해지길 바랐다
이건 과욕일까 의욕일까....

한시도 눈 떼지 못하는 세월
란도셀 모습은 여전하다

의미 2

아마 너는 보았으리라
들꽃의 찬란한 향연을

달콤한 온실의 향기에 취해
근본이 부실한 재배 꽃보다
이쁘지는 않아도 은은한 꽃

한없는 들판의 빛나는 존재 하나
환희 가득한 나만의 들꽃이다

귀요미 貴樂美

동해를 품은 십 대의 가슴에
풋풋한 사랑의 홀씨 하나
사뿐히 내려앉았다

이 넓은 공간 속에 하필
이 공간을 택한 건 아마도
운명이었나 보다

홀씨 하나가 키워 낸 추억은
세상에 차고 넘친다
그래서 그 홀씨는 더 아름답다

이제
그 홀씨에게 이름을 지어줄 때다
이 세상에 단 하나인 이름
네가 바로 귀요미다

공감

누군가의 애기여도 좋다
그리움이 절절한 표현

그곳에 자신을 투영하면
내 이야기가 될 수도 있다

밤하늘에 총총한 별들보다
더 많이 반짝이는 사랑은
얼마든지 있을 수 있다

살아 숨 쉬는 이 공간에
무슨 이야기인들 없으랴

지금의 소중함을 더 아끼자
그래야 지난 그리움도
되새겨지기 때문이다

세월

누구에게나 공평한 게 세월이다
야속하게 소중한 것들을 앗아가지만
켜켜이 쌓인 추억의 흔적을
있는 그대로 남기고 간다

그와 그녀는 내 의지와는 무관하게
성별도 무색하게 어르신이 된다

그 상큼하던 연분홍빛 꽃잎은
누렇게 빛바래 안개처럼 흐려지지만
아련한 마음은 세월과 상관없이
무뎌진 노년의 가슴을 저리게 한다

나에게로

참 오래도록 버텨왔네
그 반짝이던 눈빛 뿌연 시야 되고
검게 윤기 나던 머리 염색약 신세
돌조차 우습던 이빨은 의치가 되고
매끄러운 피부엔 지난 세월보다 많은
세월의 강 무수히 흐르네

참 고마운 인내였네
비바람에도 꼿꼿하던 체력
이제 가벼운 바람에 흔들려도
관록으로 버티는 지혜가 실리네

무엇 하나 마음대로 힘껏 할 수 있는
근력은 자신하기 어렵지만
그 긴 세월의 경험이 힘이 되네

정말 아름다운 여정이었네
돌아보는 재미 젊어서는 어림없지
천천히 가을의 결실을 만끽하며
타는 저녁노을의 붉음에 행복해야지

나에게 그리고 또 나에게 이렇게 말해야지

잘 지내 와서 감사했다고
그리고 행복했다고...

모두 허상이 된다

어릴 적 날 보듬어 껴안고
주무시던 할아버지
그 온기 몇십 년 지났어도
여전한 실상
그러나
돌아보면 그 어디에도
그 모습은 없다

과학의 힘을 빌려 명절 때마다
사진으로 실상이 되시는 당신
누구나 자기가 허상이 되는 걸 알지만
모두 다 실상이길 바라는 허망함

오늘 의미 있는 실상이 되길 염원한다
비록 모두 다 잊히는
허상으로 사라지겠지만....

요즘의 상념들 3

나를 잊으세요

설레던 청춘의 시간들
서리 맞은 나뭇잎으로 시들어
그 모습 어디에도 없는데
무심한 봄 잎 그 사일 헤치고
연녹색으로 녹색으로......

푸르름의 절정에서
시들음의 허무를 알 리 없지만
그래도 순리대로 세상은
무심히 잘도 흘러 흘러....

세월에 밀려 뒤돌아봐도
그 옛날의 온기는 잿빛 시선이 되고
저편 초로의 모습이 낯설기 한없어
고개를 가로저어도 흰머리 주름투성이
점점 확대되어 가까이 다가오네

아름다운 추억
지금 애써 되뇌이지 마세요
슬퍼도 나를 잊으세요

추억 속의 나를 잊어 주세요
구르는 낙엽에 아스라한 옛날을
그저 실어 보내세요

그리고 가슴이 허전하면
타는 저녁놀에 내 눈을 맡기세요
아마 눈이 시원해질 거예요

그리고 나를 제발 잊어주세요

헌 옷

세월이 묻은 옷들이 나타난다
어떤 건 삼십 년 만에 보는 것도 있네

희로애락을 함께 한 나의 허물들
이제 살아온 날보다 더 짧게 남은 삶

이쯤에서 한번 허물을 더 벗고
홀가분해지기를 염원하자

차마 손에서 떼어놓기 힘들지만
눈을 감고 보내자

고마웠다 나의 허물들
재활용시장에서 더 좋은 주인 만나
살아 있다면 더 행복하겠다

가슴 시린 나의 허물들 헌 옷
아니 나의 과거들....

과거 캐내기

삼십 대가
사십 대가
오십 대가
육십 대가
마구 쏟아져 나오네

집안 구석구석
삼십 년의 세월이 베일을 벗는 날

이렇게 오래도록 잊고 살던
과거가 산더미가 되네

이사가 만들어 낸 과거 캐내기
이제 또 새로운 시간들로 채워지겠지

이사

원주는 태어나 자란 고향
서울은 자립해 살던 타향
동해는 내 인생의 젊은 날
켜켜이 화석으로 굳어진 고향

이제 태어난 곳으로
노구를 이끌고 간다
너무 오래 떨어져 살아
낯설기 그지없게 되어버린 곳

하차할 역이 될지도 모른다
무디지만 사리 분별 가능한
자신에 감사하자

삼십 년 만의 이사
어리둥절할 뿐이다....

유품 없애기

유품을 만들지 말자
필요한 것만 잘 챙기자
추억이 덕지덕지한 것
안타깝지만 가슴에 남기자

내 살아 아끼던 것
내 손으로 다 정리하자
비우는 것이 이리 어려운 것을
삼십 년 넘은 지금 비로소 느끼네

차마 손을 놓을 수 없는 것들
그러나
유품을 만들지는 말자

이사 전야

이제 갈 일만 남았네
삼십 년 넘는 세월을
이삿짐에 주섬주섬
일흔을 바라보며
생경해진 고향으로 가네

떠난 지 오십 년 가까이 지난 곳
낯설음은 덜하지만
청춘을 다 보낸 바다 동네보다
더 생소한 건 어쩔 수 없네

더 건강하게 바다 동네를
추억하며 살리라
내 인생의 꽃처럼 찬란한 시간
모두 품고 있는 바다 동네

안녕
아니 또 만나자고 약속하네

이삿날

이른 새벽에 눈이 떠지네
이제는 어차피 떠나야 할 곳
새벽 공기가 여전히 시원하다
가을이 깊어지면 이 시원함이
그리워지리라....

감회야 남다르지만
고향의 공기는 따듯하리라
이제 건강하게 스며들자

그래서 어릴 적 묻어 둔
동심을 확인해 보자
설렘으로 잠이 깨는
귀향길의 새벽이다.

이삿날 2

새벽 비가 내리네
모든 상념 다 씻어 내듯

빗속의 이사 번거롭지만
정해진 날이니 기꺼이
그 빗속을 향해 가리라

삼십 년도 넘은 세월의 먼지
이 비에 다 씻어 내리라

모두의 수고 속에
빗속의 이사는 또 다른 추억

비야!
너무 세게 내리지는 말아라

천곡 현대아파트

입주 첫날
처음 높은 곳 살이
하늘에 떠 누운 느낌

그것이 몸에 배어
아래를 내려 보며 살았네
베란다 밖 사계가
유난히 아름답던 곳

이제는 추억하며 사는
곳이 되어 가네

귀향해서 살아갈 곳은
가족 친지를 두루 살피라
이십층이네....

고향의 모두를 맑은 눈으로
아늑하게 살피리라

떠나는 새벽은 잠마저 사라져
더 또렷해지는 눈을
감으려 감으려 애를 써 보네

안개 마을

아침은 베일에 싸여 온다
바다 동네에선 못 보던 풍경

아주 높은 곳에서
아래를 내려다보는 색다름도 있다

안개 걷히면 한나절인 동네
이 환경에 나를 맞추려 한다

장소야 어디든 앉은 자리에서
자신을 강하게 뿌리내리는

들풀의 근성을 안개 속에서
살포시 키우는 지혜를 배워야지

지금

얼굴이 그게 뭐야
물 빠진 멍게처럼

복어 배를 닮았던 피부
덕장의 쭈그러진 명태 같네

갓 잡은 오징어의 매끈함처럼
윤기 나던 검은 머리
어판장 한구석의 헝클어진
폐그물의 잔해를 닮아가네

여전히 변함없는 건
동해를 닮은 역동적인 마음

왁자지껄 어촌의 새벽처럼
지금 더 역동적으로 서 있자
뒤돌아보지 말고 앞으로 가자

노년의 새벽은 그 생동감 넘치는
새벽 바다가 되어야 한다

붉게 피어나는 아침 해를 보려면
더 부지런해져야 한다

시작

삼십 년간 쓰던 주소
역사 속으로 사라지네

아들의 고향 주소
가족의 생활 주소

바다는
우리 가족의 역사
고스란히 품고
그 깊은 가슴에
고이 간직하리라

동해를 생각하면
산촌 태생인 나도
바다를 닮아간다

내 청춘의 고향
동해는 그 속에서
여전히 찬란하다

영동고속도로

눈감고도 갈 수 있는 길
귀가가 아닌 볼 일로 가는 길
여전히 일상 같은 착각
이제 특별하게 가야 하는 길

강릉을 지나면 들어서는
정겨운 동해고속도로
여기는 집 대문이나 마찬가지

이제는 추억이라 말하네
켜켜이 쌓이고 또 쌓인 세월
영원할 것만 같았던 아늑한 길

자신의 길을 가다 돌아보면
누구나 혼자만의 추억과 마주치지
그 아련한 추억 살아서 되새기네

뭣 하나 예사롭지 않은 영동고속도로
옛날을 추억하는 손님이 되어 달리며
청춘의 고향 동해로 향하네

회상

바다가 그리우면
내 가슴에 묻어 둔
세월을 부르리

그 푸르던 삼십 대
세상에 두려울 것
하나 없었던 시간

큰 파도에 쓸려 보내던 상념
어느 하나 버릴 것 없는 추억

파도 소리에 삼십 대가 소환된다
고희를 바라보며 젊은 바다를
돌아본다 즐겁다

내 아름다운 사람들

부서지는 햇살처럼
아침 안개 걷히듯이
살포시 다가오는 미소

뭐가 있어서도 아니다
그저 웃음 하나로
정겨운 얼굴들

노년의 삶에
비타민 만발이다

마구마구
그저 빙긋 웃는
그 웃음 하나로
배부른 사람들

곁에 있어 행복하다

귀향 촌감

세월은 무상하니
무엇 하나 낯익지 않네
옛날에 볼 수 없었던
아파트 숲속엔 낯모를
이웃들이 무더기로 사네

귀향한 나도 낯모를 이웃
황혼의 귀향은 된서리 맞은
잎사구처럼 검고 주글거린다

새봄에는 고목에도 듬성하게
꽃이 피겠지 필 테지

누가 없어서도 아닌데
이렇게 공허한 마음은 왜일까
된서리 지나간 들녘은
얼다 말라비틀어진 잎사구들
비명 소리 처절하다

황혼의 귀향 참 어설프다....

그리운 것은 그리운 대로

가슴 아리도록 보고픈 기억
애써 그걸 지울 필요는 없다

흐린 날엔 맨날 뜨던 해도
빗발에 쓸려 모습조차 없다

내게 떠오르는 무수한 상념
그건 그대로 그냥 내버려 두자
그 자리엔 딱지가 생기겠지

그것도 그냥 두면 그리운
하나의 징표가 되리라

세상에 영원한 것이 없음을
이미 알아 쓸쓸할 것도 없다

그리운 것은 그리운 대로
내 안의 온기로 내버려 두자

아재는 촌수가 없다

한 지붕 아래
당신의 청춘이 있고
나의 유년이 있네

눈빛 하나로 무엇이던
알고도 남는 사이
그게 아재와 조카다

난 평생 아재들을 우리라
생각하면 그렇게 살았다

대용 · 관용 · 규용 아재....

작은아버지로 삼촌으로
아재들을 빼앗길 때마다
상실감에 울던 아이였다

그 유년 시절 아재들이
칠십이 가까운 지금도
난 여전하다

길지도 않은 인생길을
홀연히 떠난 넷째 삼촌
아니 관용이 아재

난 남은 두 삼촌과
따듯하고 행복하고 아늑한
추억을 만들어 가고 싶다

아니 만들어 가야 한다

그 이름

이제는 늙은 기억 속에
이름만 남은 사람들

한 세대 건너면
아무 느낌도 없는 이름들

오늘을 더 아름답게
살아야 할 이유이다

숙명의 순환 속에
버려야 하는 것들
너무 많아 망연자실

희미해지는 그 이름을
기억해 보자

그 설레고 가슴 벅차던
찬란한 청춘

병들고 아픈 육신을
버틸 수 있는 건

아마도 찬란한 시절의
온기가 조금은 남아서일 거다

불면의 밤

어둠을 밝히는 희미한 꼬마전등
황혼의 부모님처럼 위태롭지만
그래도 깜깜한 장막을 헤칠 수 있네

거목이라 생각하고 살았는데
오늘 어둠에 누워 보니 참 작고
가지가 앙상한 작은 나무가 보이네

고향 집 지켜 오신 당신들 안 계시면
그 모습 닮은 내가 지키리라

생각이 너무 많아 잠조차 사라진
고향 집 방에 눈뜨고 누워 뒹굴며
또 다른 아침을 기다리네....

좋은 날에

이름으로 남은 당신들의 새잎들이
어느새 느티나무 되어 닮아가네

그 전과는 많이 달라진 풍습이지만
그래도 친척으로 만나는 일은 남았네

또다시 이름만 남기고 하나둘
사라져 갈 테지만 오늘 만나니
옛정이 되살아나 아쉬워 아쉬워서
모두 쉽게 자리를 떠나지 않네

남은 동안 얼마나 더 많이 만나 볼지
장담키 어렵지만 그래도 내일을 기약하네

하루뿐인 날

오늘이 또 있기는 한가
햇살도 정다워라
당신은 무얼 꿈꾸는가

옳고 그름도 무의미한
오늘은 오늘이다

어제가 있었음을 알지만
내일이 오는 건 알아도
무슨 일이 있을지는
추측조차 어렵다

오늘을 보내면
내일은 어떨지 모른다
오늘은 그저 오늘이고
새파란 하늘은 그렇게
또 아련하고 아늑할 뿐이다

기성세대

사람들이 오늘만 사네
혼자 살며 외롭다 하네

세대 차이 엄청나 말하기도 무섭네
한 세대 전 이야기 그저 소음이네

가물가물 존재조차 희미해
눈앞이 팽 도는 기성세대는
의미 없이 허접하게 매몰되네

어떻게 살던 각자의 몫이지만
가슴 허한 노년은 바람 빠져
보기 싫은 풍선처럼 쪼글거리네

황혼 녘에

서로가 서로의 모습에 놀라네
한참 만에 보니 완전히 딴 모습

세월이 앗아간 풍채 좋던 시절
수수깡처럼 말라버린 현실은
가는 바람에도 힘없이 흔들리네
옛사람들은 이만큼 살지도 못해

지금 사는 하루하루가 전설이네
바람이라면 잘 마무리하는 일

같은 황혼의 모습이라도 모두 다르네
누구는 초조하고 누구는 담담하고

무상 2

속절없이 머리칼이 파뿌리가 되어도
세월의 속도와는 반대로 거북이 걸음인
마음의 세월은 그만큼 느려서 안도한다

너도 떠나고 나도 떠나야 하는 세월 여행
어느새 하늘 저편으로 떠난 이름을
그리워하는 물기가 말라 건조한 오늘은
현기증으로 뿌연 시선 되어 나타난다

너는 어느 만큼 가고 있는가
서로 풋풋한 모습으로 기억되는
찬란한 기억 속의 설렘은
그냥 남겨두고 앞만 보고 가자

그래야 마음이 더 아련해질 테니....

선산 영지先山 盈地

이 언덕에 서면
가슴이 상쾌하다

저만치 할아버지 모습
뒤따라 보이는 할머니

성질 급한 관용 아재
너무 빨리도 오셨네

촌수 없는 동생 승구는
뭐 하러 벌써 왔니…….

영혼이 잠든 포근한 영지
언젠가 모두 모이는 곳

이승의 미련이야 누구나
한도 끝도 없지만

오래 눕지 않고 잠자듯
평화롭게 오고 싶은 곳

온몸을 휘감는 아늑한 바람
시야가 탁 트여 눈조차 맑아
그 언덕 선산 영지盈地

탈색

그리운 이름들 달빛같이 바래지듯
아련한 세월의 군상은 사그라든다
아주 자연스러운 현상 앞에 망연자실
현실에 순응하는 담담함이 필요하다

아무리 아련해도 캄캄한 밤이 오듯
희미한 달빛마저 감미로운 지금이다
찬란한 세월은 봄눈처럼 스러진다
아무도 없는 허허벌판 그래도 가야 한다

너는 그대로 있겠지 그 시절이 박제된다
서로 다른 공간에서 살아 만나지 못하니
이승이나 저승이나 의미는 별로 없다
몸이 보내는 늙음의 시그널에 신음한다

새벽에 울리는 알람 과자처럼 매일 먹는
몸을 지탱하는 형형색색 고마운 약이다
마음처럼 제대로 움직이지 않는 육신
무리하면 아주 드러누울지도 모른다

뿌연 시선 속의 너는 원래 그 모습이다
나는 아무것도 할 수 없어 굽은 등을
애써 펴보며 가는 눈으로 하늘을 본다
현기증이 나는 새파란 하늘 저편
뭉게구름 솜처럼 포근히 흐트러진다

그 길

이제 편안하게 그 길을 오를 수 있다
선영이 다시 생기고 십 년 좀 지나
타이어 계단으로 완성된 언덕길이다

구십 대 부모님과 함께 만든 길
영원한 세월 속의 기억으로 남아
오늘을 기억하고 또 그리워하리라

비 오는 선영의 언덕 마무리 작업은
온몸이 다 젖어도 정말 상쾌하다
살아서 오늘을 기억하는 날....

박제된 세월

너의 젊은 날이 박제되어 가슴 시리다
돌아갈 수 없는 세월에 무기력한 우리는
그 시간을 애써 지우고 또 지운다

안개 같은 추억 그건 차라리 비명이다
온몸으로 흐르는 세월의 흔적 앞에
온전할 사람은 이 세상 어디에도 없다

과거의 흔적이 남아 옹이가 되고
살아 숨 쉬는 한 그것은 그리움이다
다시 살아날 수 없는 박제된 날들

그래도 가슴 뛰던 젊은 날은
오롯이 살아 또 살아 숨 쉰다
아득한 세월 저편에서 너는
살며시 해맑게 다시 피어난다

일주기에

그곳엔 여름이 있기는 한가
사람 키만 한 망초대 길을
예초기를 돌리며 가네

해마다 이맘때면 바쁜 예초기
여름날 연례행사 영지 길 내기
아프다가 슬프다가 진정되는 길

이제 네 명이 모인 영면의 동산
시끄러운 기계 소리에 잠 깨시려나
이곳엔 해마다 다른 풀들이 나네

뜨거운 여름 햇살이라도 덥지 않네
너도 같이 거들 일을 누워만 있니
얼른 미안한 얼굴로 나타나거라

몹시도 덥던 너 이승을 떠나던 날
벌써 이곳에서 일 년이 지나네
청주 한공 승구 너는 어디 있니....

140

어차피 다 혼자가 된다

너무도 당연한 사실을 잊고 살 때가 많다
그것이 남의 일이라 아예 무심하기도 하다
그런데 그게 바로 네 일이기도 하지만
내 일이라는 것을 체감하곤 전율한다

무의식의 세계에서 홀로 세상에 나와
삼라만상을 느끼는 소우주가 되며
비로소 혼자였음에 가슴이 저려온다

가족이라는 방패막이 친구라는 울타리
그건 혼자임이 명백할 때 더 간절하다
가슴이 따듯해지고 마음이 든든하지만
결국 삭막한 바람 속 홀로 서서 절망한다

혼자 와서 혼자가 되는 건 당연하지만
혼자라는 사실에 가슴이 미어지는 노년은
차라리 캄캄한 밤처럼 조용히 잠들고 싶다

후일담

[문학공간] 제174회 시 부문 추천 신인 심사평에서 박윤덕, 서동철, 엄창섭, 최광호 심사위원은 "한승민의 시 〈고독〉 외 3 편에서 상징적 기법으로 처리된 투시는 메시지의 강렬함을 이끌어 내고 있으며, 이는 독자의 관심을 끌기에 부족함이 없으므로 추천 시인으로 뽑았다"라고 평하고 있다. 타자의 시각으로 본 내면세계의 지적이다. 등단 이전이나 등단 후에도 나는 일관된 세계를 살고 있다.

추억의 상징화는 자칫하면 타령으로 비춰질 수 있다.

[백일탈상]에서 그 제목도 그렇지만 성황당이라거나 초가집, 느티나무 같은 말들을 공감하는 연령층이 어디까지일지 모르겠다. 자칫 그 상징성이 기성세대의 빛바랜 흑백 사진처럼 보일 수도 있지만, 그 또한 기성세대의 몫이니 진부함을 애써 부인할 필요도 없다

[바다리]를 가까이서 관찰해 보면 생명의 허망함을 절감할수 있다. 그 당당하던 여름날의 모습은 가을 찬바람 앞에서는 추풍낙엽 신세가 되어 버린다. [몸에 꽂힌 찬바람]으로 시리게 떨어지는 생명은 탄생의 [힘찬 날갯짓]이 아니라 역설적이게도 [낙엽처럼 휘돌아, 휘돌아] [시멘트 바닥을 기는] 초

라함으로 변하고 [죽음처럼 다가오는 칼바람]을 [더운 하늘]로 위로하며 스러지는 생명체가 된다. 어떤 생명체든 차별 없이 다 소멸한다는 진리 앞에 살아서 감사하고 겸손해야 함을 느끼게 한다.

[자판기 앞에서] 보면, [바닥에 나뒹구는 종이컵 속에] 마치 꽃 속에 파묻혀 있는 것처럼 벌들이 바글댄다. 인공 향이 자연의 꽃향기보다 더 강렬한 탓인지 [날개 접고 개미처럼 바닥에서 맴맴] 도는 벌들을 보고 놀라곤 한다. 인공의 맛은 인간이 아닌 다른 생명에게도 치명적 유혹인 듯 보인다. [모닝커피에 취해 하늘을 날듯 나뒹구는] 모습은 바쁘게 사는 현대인들과 너무나 비슷해서 실소한다.

[내 안의 꽃]은 누구나 존재할 것이다. [단 한 번 존재하는] 그 느낌은 나만이 알 수 있다. 세상의 모든 것들이 영원한 것이 없지만 사람들은 [순간을 말린] 상태로 [내 안의 꽃]을 가지려 한다. 그 욕심이 생기는 순간 꽃은 어느새 [드라이플라워]가 된다. 기쁠 것 같기도, 슬플 것 같기도 한 꽃이 내 안의 꽃이다.

[시골 다방]에서 20대의 어렴풋한 기억을 떠올린다. 누군가를 기다리며 긴 머리의 레지 아가씨가 날라다 준 커피 향은 환상이었다. 눈을 떠 현실을 보니 [커피 타는 손을 떠는] [주름진 레지 할머니]가 보인다. 세월이 멀어진 것처럼 추억을

소환해도 현실은 [가련한 손]이 아니라 [명태처럼 쭈글거리고 비틀어진] 생활고에 시달린 애처로운 손이다. 추억의 환상은 감미롭지만, 지금의 현실은 [구름처럼 멀어진 세월]이 아련할 뿐이다. [수다쟁이 젊은이들]의 추억은 어떻게 변해갈지 자못 궁금하다.

[늙은 수사자처럼] 위용도 있었고 패기도 있었지만 모두 아련한 추억 속의 일이라 가슴 시리다. 황혼의 들녘에서 붉은 저녁노을이 아직도 아름다운 건 스스로 움직일 만한 힘이 있어서일 것이다. 하늘을 휘돌아 내리는 바람처럼 세찬 동력은 없지만, 봄볕으로 내리는 온화함은 그대로 남겨두고 싶다.

[선산 영지]는 할아버지와 함께 할 수 있는 곳이라 언제나 아늑하다. 묘지라는 생각은 아예 없고 언덕에 오르면 추억만 만발한다. 누구나 세상을 하직하면 이승의 육신은 어떤 형태로든 가족들의 의지에 따라갈 뿐이다. 선산이거나 공영 납골당이거나 사설 공원묘지이거나 아니면 산이나 강에 재로 뿌려지더라도 어느 곳에 머무르게 된다. 후손들의 의사가 더 중요한 요즈음 우리는 어떤 형태로 남아 있을지 알 수도, 알아야 할 필요도 없다.